This book belongs to:
這本書屬於：

送給每一位獨一無二的小朋友

lucilying

二〇二二年六月

獵豹斗彡尋紋記

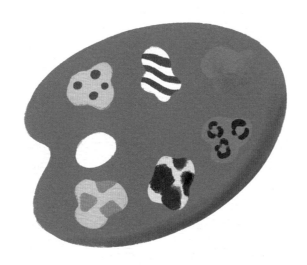

作者/插畫：李揚立之醫生　　Author/Illustrator：Dr Lucci Lugee Liyeung

斗毛是一隻獵豹，
穿着一身黃色的皮毛，
還有漂亮的點點。

有一天，
斗毛厭倦了他的點點，
便一下子把它們抹去了。

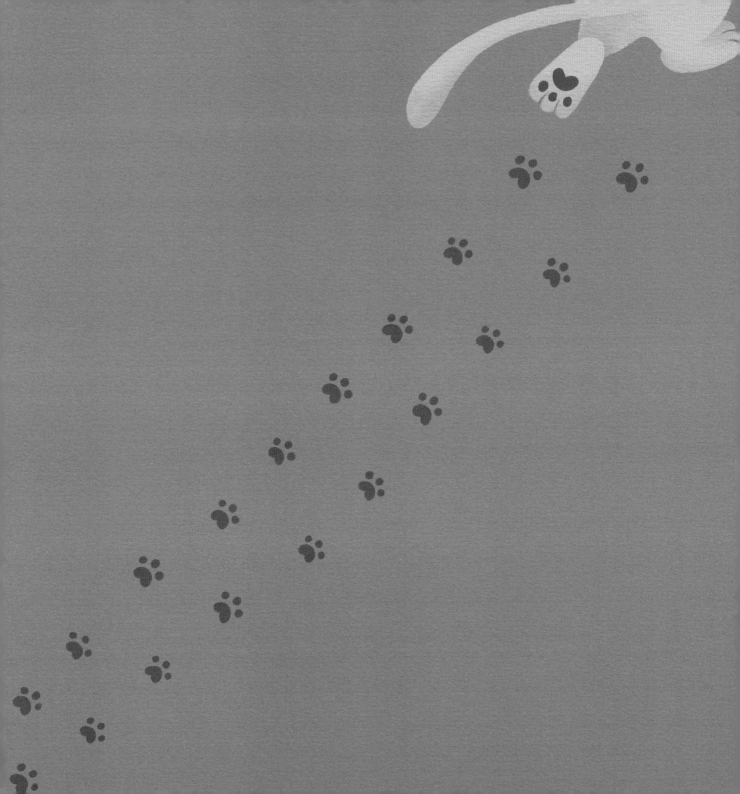

於是他便起程，
向着遠方前進，
去尋找新的花紋。

穿過了茂密的森林，
斗毛停了下來，
他看到了甚麼？

樹上藏着標致亮麗的花點，
噢，原來那是花豹的斑紋！
斗毛馬上把這花點塗上自己身上。

花豹説：「我懂得爬樹，你會嗎？
你永遠都不能夠像我！」
斗毛便失望地把花點抹去。

抬頭一看，充滿耀眼的鮮橙色階磚紋，
兩隻長頸鹿正站在斗毛面前！
他就把那鮮艷的斑紋畫在身上。

長頸鹿輕鬆地吃着樹頂的葉兒，
樹木太高了，
斗毛根本不能融入他們當中。

斗毛繼續往前行，
三隻大象在湖邊喝水，
灰灰的皮革都很特別喔！

大象獨特之處，
是長長的鼻子和尖尖的牙，
這不是斗毛所能夠模仿到的。

斗毛聽見遠處傳來的嘈吵聲，
發現四隻非洲野犬正在嬉戲！
米白，黑和啡，不規則斑紋真有趣！

「有趣的是你跟這斑紋毫不相襯呢！」
非洲野犬們笑個不停，
斗毛只有尷尬地離去。

五隻斑馬在遠方活潑地跳躍，
黑白分明令斗毛看得目瞪口呆，
我應塗上黑底白間，還是白底黑間？

斑馬好奇地問斗毛：
「為甚麼你需要刻意改變自己，
去跟別人一樣呢？」

不用嘗試去模仿別人，
而忽略了欣賞自己原本的特質。
獨特總是美好的。

作者簡介

太陽升起後便是一名骨科醫生，
專門處理小兒創傷及矯形。
太陽下山後便是一名插畫師，
專門繪畫兒童卡通風插畫。
閒時還會打棒球，彈結他，
但其實正職是七位貓主子的剷屎官，
和流浪幼貓的暫託家庭。

醫院小夥伴

作者/插畫：李梲立之醫生　　Author/Illustrator：Dr Lucci Lugee Liyeung

醫院更多小夥伴

作者/插畫：李梲立之醫生　　Author/Illustrator：Dr Lucci Lugee Liyeung

繪本作品包括：抗疫小夥伴，醫院小夥伴，醫院更多小夥伴

http://dumo.art 　 dumo.art

書　　名　獵豹斗毛尋紋記
作者 / 插畫　李揚立之
責任編輯　郭坤輝
美術編輯　郭志民
出　　版　小天地出版社（天地圖書附屬公司）
　　　　　香港黃竹坑道46號新興工業大廈11樓（總寫字樓）
　　　　　電話：2528 3671　傳真：2865 2609
　　　　　香港灣仔莊士敦道30號地庫（門市部）
　　　　　電話：2865 0708　傳真：2861 1541
印　　刷　亨泰印刷有限公司
　　　　　柴灣利眾街27號德景工業大廈10字樓
　　　　　電話：2896 3687　傳真：2558 1902
發　　行　聯合新零售（香港）有限公司
　　　　　香港新界荃灣德士古道220-248號荃灣工業中心16樓
　　　　　電話：2150 2100　傳真：2407 3062
出版日期　2022年7月 / 初版・香港

ISBN：978-988-75859-1-6